JEAN VIC

LES IDÉES
DE
CHARLES RIVIÈRE DUFRESNY

1

PARIS
LIBRAIRIE HACHETTE ET Cie
79, BOULEVARD SAINT-GERMAIN, 79

1916

JEAN VIC

LES IDÉES
DE
CHARLES RIVIÈRE DUFRESNY

Extrait de la *Revue du dix-huitième siècle*, n° 2.

PARIS
LIBRAIRIE HACHETTE ET Cie
79, BOULEVARD SAINT-GERMAIN, 79

1916

LES IDÉES DE CHARLES RIVIÈRE DUFRESNY

I. Dufresny et Beaumarchais.

Lorsque la critique moderne veut bien s'occuper de Dufresny, elle s'attache surtout à déterminer la place qu'il a tenue parmi ses contemporains : elle voit en lui un homme de théâtre parmi beaucoup d'autres, un rival malheureux des Regnard ou des Dancourt. Et une étude sur ce sujet, plus développée que les quelques lignes concédées à l'auteur dans les ouvrages généraux, aurait peut être des chances de se trouver intéressante. Mais l'attachante personnalité de Dufresny se prête à être envisagée sous un autre aspect. Cet esprit si varié ne s'est point enfermé dans les limites étroites d'une période assez terne et stérile : il se dépasse lui-même et il devance son temps. Il est un « précurseur », le mot n'est pas trop fort : cet homme du grand siècle finissant, d'origine royale et favori du Grand Roi, pressent et annonce les luttes de l'âge qui suit. Par son activité de journaliste, il fait songer plus d'une fois aux esprits les plus subversifs du XVIIIe siècle : à Voltaire ou à Beaumarchais. Il est en même temps un « inventeur », qui crée en foule les idées neuves, et qui en approvisionne les écrivains d'écoles nouvelles : par ses œuvres de théâtre, il se trouve avoir fourni à ce même Beaumarchais, pour ses chefs-d'œuvre d'intrigue, de nombreuses et fructueuses inspirations.

Tels sont les deux points que nous tâchons de prouver dans un premier essai. Mais Dufresny, précurseur dans son *Mercure*, n'est pas inventeur dans ses seules comédies : dans ses autres œuvres d'imagination, ses *Amusements sérieux et comiques* et ses *Nouvelles*, il « invente » aussi des fictions et des intrigues ingénieuses, qui plus d'une fois ont provoqué l'imitation. C'est ce que nous montrera une prochaine étude, dans laquelle, au premier rang des imitateurs de Dufresny, viendra prendre place Honoré de Balzac.

I

Dans son théâtre, Dufresny, qui veut plaire, s'efforce de se soumettre aux inexorables règles par lesquelles nos aïeux jugeaient de leur plaisir au spectacle, « ces règles tyranniques qui donnent toujours des entraves au génie et quelquefois des entorses au bon sens[1] ». Mais comme « Aristote n'a point donné de règles pour le *Mercure galant* », Dufresny s'y donne franches coudées ; il montre, dans ce recueil déjà vieilli et tout empêtré de traditions, l'aisance, le sans-gêne ou l'audace d'un moderne « journaliste ».

Sur ce côté de son talent, les critiques d'aujourd'hui ne disent pas mot : c'est sans doute parce que la seule édition que l'on ait des œuvres de Dufresny — celle de 1730 et 1747 — ne reproduit que des extraits fort rares — quatre ou cinq à peine — de ses « *Mercures* ». La collection elle-même du recueil est moins accessible et peu engageante d'aspect. Il se cache pourtant des choses bien agréables sous la reliure poudreuse de ces multiples petits volumes.

Dufresny succédait à « Mr de Vizé ». A la mort de Mr de Vizé, en juillet 1710, on s'était trouvé bien embarrassé : il était à lui seul tout le *Mercure*, et on ne concevait plus l'un sans l'autre. Quelques personnes pensèrent à Dufresny, qui était homme de ressources : il versifia un *placet* et il obtint un privilège, — à la condition toutefois de ne point parler de politique[2]. Après trois mois d'interruption, en août 1710, le *Mercure* paraissait de nouveau. Mais quel bouleversement !

Singulièrement lourd et embarrassé dans son style, Mr de Vizé se faisait pardonner en étant très méthodique dans sa disposition, très exact dans ses nouvelles ; d'ailleurs, plein de complaisance dans l'éloge et d'indulgence dans la critique. Il faisait un discret compilateur : et sa compilation, dédaignée des précieux, plaisait aux gens raisonnables et aux beaux esprits de province[3]. Dufresny ne garde rien de cette sagesse : forcé de conserver le même cadre et d'user des mêmes matériaux, il change tout dans la forme du recueil, — jusqu'à la présentation typographique.

La première livraison n'est plus une sèche énumération de faits et de noms : une large place y est faite aux digressions, les préfaces et avant-propos y sont allongés à plaisir. Le tout est écrit d'un style alerte et vif, constamment gai et rieur, infiniment aisé dans les transitions, rempli de saillies,

1. Voir le *Mercure* de juillet 1711, IIe partie, p. 88.
2. D'après le *Journal de Verdun*, 1710, p. 219.
3. L'abbé Bordelon, dans ses *Diversitez curieuses*, tome dernier, 1699, p. 314, expose les avis partagés de ses contemporains au sujet du *Mercure Galant* du temps de Devisé et de Thomas Corneille.

assaisonné d'ironies piquantes. Dufresny ne craint pas de « parler de soi », avec autant de sans-gêne qu'un romantique, de citer ses œuvres avec complaisance, d'interpeller son lecteur pour s'imposer à lui. Il a compris que le meilleur moyen pour « réussir » est de jouer d'audace et d'aller au devant des critiques. Il prend sur lui, par exemple, d'adopter de nouveaux caractères dont « la grosseur énorme » réduit chaque page du *Mercure* à cinq ou six lignes d'une page ordinaire de même format. En guise d'excuse, il s'explique d'un ton moqueur : « Plusieurs personnes ont la vue basse : j'ai fait attention à leur commodité, mais plus encore à la mienne à moi, car pouvoir aisément remplir un livre avec peu d'ouvrage, c'est une commodité essentielle à un paresseux[1]. »

Cette paresse, il la proclame et en fait montre dans chacun de ses *Mercures* : il affirme et il répète qu'il est insouciant, nonchalant, négligé[2]. Or n'est-ce pas là, dans une certaine mesure, le procédé même des journalistes de la nouvelle école? Pour donner de la vie à des productions insignifiantes par le fond, on y exploite sa personnalité : on s'en fait une, si on n'en a point, on s'y donne quelques défauts pour la rendre originale, et on les étale, on en fait parade, on les pousse à outrance. Mais on prend soin de les bien choisir, ou de leur ménager une contre-partie ; et Dufresny n'a garde d'y manquer : « A l'égard du style, vous l'aurez tel qu'il me viendra, naturel et négligé. *Mais* je m'appliquerai fortement à démêler le vrai d'avec le faux : à ne point dire de vérités imprudentes et à ne point mentir par complaisance[3]. »

Dans les parties traditionnelles, qu'il était nécessaire de maintenir, Dufresny doit se contenter de « faire mieux » : il propose au lecteur des « questions » ou des « énigmes » plus spirituelles, il choisit avec goût les poésies qu'il publie, il tire lui-même de ses portefeuilles quelques-unes de ces chansons vraiment jolies et amusantes dont il a le secret[4]. En d'autres endroits, dans la partie officielle et documentaire, il est forcément réduit au rôle de compilateur. Mais partout où il peut, il innove sans hésitation. Il s'avise — idée qui a fait fortune de nos jours — d'un article de « Réponse aux anonymes[5] » où il bavarde librement avec les personnes qui lui ont écrit. On y voit ses efforts pour exploiter le lecteur le plus qu'il est pos-

1. *Mercure Galant* de juin-juillet-août 1710, p. 257-258.

2. Voir notamment, outre le premier *Mercure*, les livraisons de novembre 1710, mars 1712, avril 1713, septembre 1713, etc.

3. Août 1710, p. 4. Cf. p. 254. Le style de Dufresny n'est d'ailleurs pas aussi négligé que l'auteur veut le faire croire. Consulter, par exemple, l'*errata*, très caractéristique, des *Amusements* dans l'édition de 1699.

4. Les chansons se rattachent d'elles-mêmes à l'œuvre dramatique de Dufresny, à ses comédies en vers : nous nous réservons d'en parler plus longuement, si nous venons à traiter de Dufresny auteur comique.

5. A partir de novembre 1710.

sible : un des « anonymes », par exemple, cite dans sa lettre un proverbe espagnol de cinq mots (en trouvant moyen d'y commettre deux barbarismes), et aussitôt Dufresny : « Vous, Monsieur, qui citez l'espagnol en homme qui le sait, n'auriez-vous pas quelque nouvelle espagnole à me donner[1] ? » Peu après, il invente une nouvelle manière — qui n'est pas mauvaise — de faire des « extraits », c'est-à-dire des comptes rendus[2]. Un jour, il adopte une division méthodique dont il fait les plus grands éloges : au bout de quelques mois il s'aperçoit qu'elle l'embarrasse et le fatigue : aussitôt il décide de publier les nouvelles, les poésies, les mémoires des savants, les historiettes, dans l'ordre même où il les reçoit ou les compose, c'est-à-dire dans le beau désordre auquel la presse moderne nous a accoutumés[3]. Mais il va plus loin dans l'innovation : au lieu de faire lui-même la critique des pièces nouvelles — besogne ingrate et dangereuse — il imagine de la faire faire par les auteurs en personne : et ce n'est pas là autre chose qu'une première forme de nos modernes « interviews »[4]. Il commence par Crébillon, auquel il demande la critique de *Rhadamiste et Zénobie*, le grand triomphe du moment ; et avant de la publier, il raconte, tel un « reporter » d'aujourd'hui, la conversation qu'il a eue avec l'auteur[5].

La verve originale et le sans-gêne du nouveau rédacteur causèrent d'abord quelque surprise, et même un peu de scandale. On se plaignit de cette gaîté ; des lettres critiques coururent en manuscrit[6]. Dufresny répondit aux mécontents par un brillant éloge de la plaisanterie. Vrai « devancier de Figaro[7] », il fait de sa gaîté un système de sagesse : « N'est-ce donc rien que de réjouir? » Non certes ! Et il a recours, pour le prouver, à des considérations philosophiques et sociales, il fait appel à « la nature » et à M. Pellisson[8]. Que l'on fût ou non convaincu, on prit le parti de se laisser amuser : le *Mercure* se débita mieux que jamais, à la grande joie des libraires[9].

Les témoignages ne manquent pas sur cette vogue. Dans ses *Lettres historiques et galantes*, Mme Du Noyer, aussitôt les premières livraisons parues, reconnaît « qu'on est fort content » du nouveau rédacteur[10]. Elle apprécie l'heureux choix des dissertations qui se mêlent aux galanteries, elle dit mer-

1. *Mercure* de décembre 1710, p. 124.
2. Juillet 1711, p. 3 à 12.
3. Février 1711, p. 44 à 48, et janvier 1712, p. 3 à 5.
4. M. G. Lanson, dans sa *Littérature française*, p. 1118, éd. 1912, signale comme caractéristique de notre temps ce goût de « faire causer l'auteur sur son œuvre ».
5. Mars 1711, p. 3 et suiv. Comme beaucoup d'autres promesses de Dufresny, celle-ci fut vaine : la critique annoncée ne parut pas.
6. Voir le *Mercure* de septembre-octobre 1710, où Dufresny mentionne ces plaintes, p. 3 à 12, p. 57.
7. Omis néanmoins par Funck-Brentano dans son livre récent.
8. *Mercure* de sept.-oct. 1710, p. 57 et suiv.
9. *Mercure*, même date que ci-dessus ; voir aussi la livraison de mars 1712.
10. Tome II, p. 458, édition de 1740.

veille notamment d'une étude « sur la soie des araignées[1] ». Et en effet, Dufresny étant un « esprit universel », était capable de choisir avec quelque discernement les mémoires scientifiques. Il est vrai que plus tard cette même dame insinue quelques reproches : elle déplore en deux longues pages la pusillanimité du rédacteur, ou plutôt la contrainte où il est réduit, — contrainte réelle, nous l'avons vu. La conclusion vient expliquer ces plaintes : l'auteur « suppléra à la timidité de M. Dufresni en donnant tous les mois les nouvelles qu'il supprime[2] ». On trouve en effet dans les lettres postérieures une contrefaçon du nouveau *Mercure*, où la rédactrice essaie de compenser les dons qui lui manquent par des anecdotes égrillardes ou répugnantes.

Jean-Baptiste Rousseau, nouvel exilé, félicite lui aussi Dufresny de son succès mérité, dans une lettre datée de « Soleure, le 8 avril 1711 », et qu'il fit paraître dans les *Mémoires de Trévoux*[3]. En octobre 1724, les rédacteurs du *Mercure de France*, dans leur notice nécrologique, en 1731 l'éditeur des *Œuvres*, parleront encore d'un succès brillant et flatteur. Un historien plus impartial, Camusat, ou plutôt son éditeur et continuateur J.-F. Bernard, dans l'*Histoire critique des journaux* (1734), reconnaît lui aussi que « l'on reçut avidement le nouveau *Mercure*[4] ». Il ajoute même que la modération de l'auteur dans le patriotisme, contrastant avec l'intransigeance de son prédécesseur, valut au recueil dans sa nouvelle forme beaucoup de succès à l'étranger[5]. Mais pour justifier le titre du livre, il fait une place à la « critique ». Le blâme vient tempérer l'éloge : dans un examen méthodique, cet aristarque reproche au rédacteur sa négligence dans la partie historique ; il lui reproche même son style, qu'il ne trouve pas assez raisonnable, et qu'il estime par suite inférieur à celui de Devisé !

Si le grand public fut conquis par l'agrément du nouveau *Mercure*, il resta cependant quelques récalcitrants : gens d'esprit chagrin, fidèles aux habitudes et aux préjugés du vieux siècle qui tombait dans le passé. Ils allèrent

1. Parue dans la livraison de novembre 1710, p. 15 et suiv.

2. Tome III, p. 83 et suiv. Un peu plus loin, p. 185, cette exigeante dame semble trouver le *Mercure* trop sérieux. « Selon moi, le livre de Mr du Fresny mériterait quelque chose de plus que le nom de *Mercure Galant*, et par rapport aux choses dont il traite, on devrait le mettre au rang du *Journal des Savants*. »

3. Octobre 1711, p. 1767. De cette lettre date la brouille de Dufresny et de Rousseau. Celui-ci était revenu, quelques mois plus tard, sur sa bonne opinion : « Tout le monde sait à présent que le Sieur du Fresni a succédé à Mr de Visé dans le glorieux emploi d'Auteur du *Mercure Galant* et qu'il a toutes les qualités que les amis du défunt pouvaient désirer pour faire longtemps regretter son prédécesseur » (Préface à l'édition de Soleure des *Œuvres mêlées* de J.-B. Rousseau, 1712). Sur toute cette querelle, nous aurons peut-être l'occasion de revenir, dans un examen de la question du *Joueur*.

4. Tome 2, p. 217. Hatin, dans son *Histoire de la presse en France* (t. I), ne fait guère que copier mot pour mot la notice de Camusat, sans toujours l'avouer.

5. D'après cette même *Histoire*, « le *Mercure* de Dufresny a été réimprimé à La Haye, chez Johnson, avec plusieurs additions faites en Hollande, mais cette édition ne va que jusqu'au mois de juin 1713 ».

jusqu'à ressusciter, en janvier 1711, un recueil, le *Nouveau Mercure*, dit *Mercure de Trévoux*, qui n'avait eu, deux ans auparavant, que quelques mois d'existence[1]. Ces sévères personnages firent une sévère préface, curieuse par le code qu'ils y tracent du parfait journaliste : « Le sieur Dufresny... ne doit pas ignorer que chaque ouvrage a une forme consacrée, qu'il y a dans chaque chose des bienséances dont on ne se tire point sans courir les risques de déplaire, que le public établit les usages et est respectable dans son goût, que la justesse consiste à savoir dispenser l'esprit ; qu'il est vicieux lorsqu'il est déplacé ; que toutes les plaisanteries hors d'œuvre ne manquent jamais d'affadir ; qu'un compilateur ne peut parler de soi trop rarement et avec trop de retenue, et qu'enfin il doit être à peu près du *Mercure* comme des poèmes dramatiques où l'auteur doit toujours se dérober[2]. » Dufresny fit encore une réponse cinglante, bien que « fort honnête », et continua de plus belle à « parler de soi ». Quant au *Nouveau Mercure*, il était trop raisonnable pour n'être pas ennuyeux : il tomba dès le mois de mai.

* * *

Dufresny triomphait ; et en ce même mois de mai, rendu plus audacieux encore par le succès, il entre dans la carrière où combattaient les anciens et les modernes : il commence à publier dans son périodique le *Parallèle burlesque d'Homère et de Rabelais*. Il le continua pendant cinq mois, avec beaucoup d'ingéniosité, pour l'arrêter brusquement en septembre, — par paresse sans doute une fois encore.

L'idée seule de ce parallèle, digne d'être mieux connu[3], témoignait d'une singulière hardiesse de pensée : Homère, père des dieux et prince des poètes antiques, placé sur le même rang qu'un grossier bouffon du XVIe siècle ! Et qu'on ne nous accuse pas de voir partout chez Dufresny hardiesse et nouveauté : sans doute les plaisanteries sur Homère n'étaient plus bien neuves, dès vingt ans auparavant les comédiens italiens se mêlaient même de les porter à la scène[4], — et Dufresny prétend ne vouloir être que « burlesque »

1. De février 1708 à avril 1709. Ils ne cachent pas leurs raisons : « C'est en quelque sorte, disent-ils, *la* nouvelle façon de traiter le *Mercure Galant* qui a donné lieu à la reprise du *Mercure de Trévoux*. »

2. Voir le *Nouveau Mercure* de janvier 1711, p. 7 et suiv. La réponse de Dufresny se trouve dans le *Mercure galant* de février 1711, p. 3 et suiv. Elle a été reproduite dans les *Œuvres*, t. IV, 1747.

3. Il n'a été réédité qu'une seule fois dans son entier. En effet, en dehors de la réimpression incomplète qui en fut donnée dans le tome IV des *Œuvres*, 1747, on ne le trouve qu'à la suite d'une édition des *Lettres de François Rabelais écrites à Mgr l'évêque de Maillesaix*, laquelle date de la seconde moitié du XVIIIe siècle (In-12, avec portrait gravé de Dufresny).

4. Voir entre autres les pièces de Dufresny lui-même : *l'Augmentation de la Baguette*, par exemple (1693) et aussi *les Chinois* (1692), *les Momies d'Égypte* (1696), comédies composées toutes trois en collaboration avec Regnard.

et « plaisant ». Mais en réalité, il ne s'agit pas seulement de boutades et de jeux d'esprit sur un auteur particulier : l'idée a une portée plus étendue, elle est en outre très réfléchie. En 1707, dans la seconde édition des *Amusements*, Dufresny nous parle « d'un parallèle des auteurs sérieux et des comiques qu'il donnera l'année prochaine dans un second volume d'Amusements[1] ». En 1711, dans le cours même de l'article burlesque, nouvelle promesse d'un traité dogmatique : l'auteur « mettra en œuvre, s'il en a le loisir, les réflexions qu'il a faites sur les fausses idées qu'on a du sublime, du sérieux et du comique[2] ».

Si Dufresny donne un avant-goût de ces réflexions sous une forme badine, c'est aussi par idée préméditée ; il ne se méprend nullement sur la portée de cette méthode : « Le badinage a cela de bon qu'il peut éclaircir certaines vérités qu'une dispute sérieuse ne ferait qu'obscurcir. » Les *éruditionnés* sont endurcis dans leurs préjugés : le raisonnement les irrite sans les convaincre. Ils ont l'esprit prévenu, et la Prévention est une chose profondément mauvaise et brutale. — Dufresny, d'ordinaire insouciant, revient constamment à la charge contre elle, soit en style rabelaisien, par des allégories bouffonnes, soit sur un ton plus grave, avec des accents emportés, qui touchent à la véritable éloquence. — La Prévention est un taureau furieux, contre lequel il serait vain d'employer la force ; mais le badinage est une abeille légère, qui le darde de ses piqûres. Pendant que la bête se consume en une rage impuissante, parmi des mugissements fougueux, l'abeille insaisissable redouble ses coups d'aiguillon. Et bientôt, tandis qu'elle poursuit son vol gracieux, « *procumbit humi bos* », le taureau épuisé tombe à terre de toute sa masse[3].

Que manque-t-il maintenant pour faire de ces idées, de ce programme d'action, celui d'un Voltaire ou d'un Beaumarchais? Il suffit de les transporter du domaine littéraire au domaine religieux et au domaine social. Le taureau furieux, c'étaient les pédants hérissés de grec et vomissant les injures ; ce seront bientôt les noirs docteurs de Sorbonne, armés de la discipline et de la torche ; ce sera plus tard la grande machine de la monarchie, avec la Bastille comme forteresse. Mais toujours l'abeille aura même légèreté et même aiguillon : badinage dans les *Lettres Persanes*, badinage aussi, plus méchant et venimeux, dans *Candide*, dans l'*Ingénu*, dans les multiples libelles du vieillard de Ferney ; badinage encore, mais effréné, dans le *Mariage de Figaro*. Tant qu'enfin, « le taureau tombe à terre » : épuisées de ces bles-

1. *Les Amusements*, 2e éd., p. 12. Ce second volume semble bien avoir été écrit par Dufresny vers la fin de sa vie : mais le manuscrit en fut brûlé par la barbarie de ses héritiers. Voir l'article nécrologique du *Mercure*, oct. 1724.

2. Voir le *Mercure* de septembre 1711, p. 70.

3. Voir dans le *Mercure* de septembre 1711, p. 57 à 61, cette comparaison vraiment remarquable. Voir aussi le *Mercure* de septembre-octobre 1710, p. 57 et suiv.

sures incessantes, la vieille religion succombe sous les rires, la vieille monarchie s'effondre dans le sang.

Dufresny heureusement était loin de prévoir le sombre avenir de ses conceptions. Il se contentait de faire sortir de son Parallèle le plus possible d'idées imprévues, montrant Rabelais aussi éloquent qu'Homère et Homère aussi bouffon que Rabelais, comparant les discours de Jupiter et la lettre de Grandgousier, les moutons du Cyclope et les moutons de Panurge, après avoir préalablement abrégé et corrigé les récits, « à l'usage des dames ». Par cette comparaison encore, et par les conséquences qu'il en tire, il appartient à un âge nouveau. Il sait se placer en dehors des partis. Il n'est point l'homme de tel ou tel livre, ni inféodé à telle ou telle doctrine : dans son idée fixe d'originalité à tout prix, il s'est débarrassé par ses seules forces de préjugés qui pèseront encore pendant un siècle sur ses compatriotes ; et il s'ensuit tout naturellement qu'il pense comme on pensera au siècle suivant. — Ceci, au seul point de vue littéraire ; il va sans dire que sur des sujets plus graves, il imite la foule de ses contemporains : il n'a pas d'opinions.

Homère et Rabelais, nous dit-il, sont poètes tous deux : ils le sont chacun à leur manière, mais ils sont aussi admirables l'un que l'autre, d'un égal génie, avec d'égales défaillances. Et ce jugement, présenté sous toutes ses faces, dans une forme renouvelée sans cesse, est pour l'auteur l'occasion d'exprimer avec quelque précision les idées plus générales qu'il se réservait de développer plus tard[1]. L'une de ces idées est aussi celle que défendra, quelques mois après, son ami La Motte, touchant la liberté de la critique, mais le point de vue, utilitaire et pratique, est particulier à Dufresny et les conclusions sont radicales[2]. Les anciens doivent être descendus de leur piédestal, leurs ouvrages considérés en eux-mêmes, examinés, tel un livre paru de la veille, en toute indépendance d'esprit[3]. Et comme à en juger ainsi ces ouvrages sont, par l'effet du temps, d'une intelligence plus difficile et d'une appréciation plus malaisée que ceux des modernes, il n'y a pas de raison pour imiter plutôt ceux-là que ceux-ci. Comme d'autre part il n'y a aucune raison pour piller les modernes, mieux vaut ne piller personne, mais « piller dans le livre du monde ». L'autre idée, indiquée déjà en passant dans une scène fameuse de Molière, est approfondie et renouvelée par

1. Ces idées étaient indiquées déjà, plus brièvement, dans les *Amusements sérieux et comiques* (ch. 1er) auxquels nous empruntons une ou deux de nos citations.

2. Comparer l'*Augmentation de la Baguette*, scène I. Roger répond à une demoiselle Bélise, défenseur acharné des anciens : « Mais, Madame, je vous en fais juge vous-même. En mille ans les auteurs anciens ne nous produiront pas un verre d'eau ; et ce sont les modernes, comme vous voyez, qui font bouillir notre marmite. »

3. *Mercure* de juin 1711, p. 14 : « Aristote n'a peut-être pas dit avant moi que la beauté de l'ouvrage fait d'abord la réputation de l'auteur, et qu'ensuite la réputation de l'auteur fait souvent la beauté de l'ouvrage. » L'article de ce mois est écrit avec une force particulière dans la critique.

Dufresny : le comique n'est pas inférieur au sérieux[1], mais il n'est qu'une façon différente de voir les choses, laquelle demande même plus d'étendue d'esprit, et peut-être plus d'élévation : l'un est donc tout autant que l'autre susceptible du sublime, qui est « la perfection dans le grand[2] ».

Or si la première de ces propositions signifie : rupture avec toute tradition, la seconde signifie : suppression de la hiérarchie et de la distinction des genres ; puisque le sérieux n'a rien de plus « élevé » que le comique, l'un et l'autre doivent pouvoir se mélanger dans un même ouvrage. Dufresny ne recule pas devant cette conséquence : en 1707, il insinuait quelque chose de semblable, lorsqu'il donnait comme un axiome « que l'éloquence sublime est presque inséparable de la plaisanterie[3] ». Il émet maintenant ce « paradoxe » que « les plus excellentes pièces sérieuses sont mêlées d'excellent comique »[4]. On se dirait en acheminement vers les théories du drame romantique, ou tout au moins, transporté à quarante ans plus tard, à l'état d'esprit dont témoigne la préface de *Nanine*, à ce mélange des genres dont l'exemple le plus célèbre sera le troisième acte du *Mariage de Figaro*. Si d'autre part il y a « une espèce de sublime » dans la scène où Pantagruel saisit au col l'écolier limousin, il peut y en avoir dans les détails les plus bas, qui deviennent ainsi matière d'art au même titre que les plus relevés : on pourrait se croire tout près des bruyantes querelles contemporaines.

*
* *

On peut donc faire d'intéressantes découvertes dans les petits volumes oubliés du *Mercure* ; nous tâcherons d'en faire quelques-unes encore en étudiant les nouvelles que, suivant l'usage, Dufresny écrivit pour l'amusement de ses lecteurs. Mais après avoir mis toutes sortes de choses « singulières » dans son périodique, Dusfresny se lassa bientôt : il était trop ingénieux pour l'être à jet continu, et ne se montrait fécond qu'à ses heures. Au bout de deux ans, il se fait remplacer, sans le dire, par un « compilateur » moins paresseux[5]. En avril 1713, il tente de se remettre au travail : la paix, explique-t-il, lui en laisse le loisir maintenant. Mais cela ne dure pas longtemps : dès le mois de septembre, il se fait adresser des reproches par un correspondant hypo-

1. Je ne sais si l'on a remarqué combien cette question de « préséance » entre le comique et le sérieux, la comédie et la tragédie, a préoccupé les écrivains de cette époque. On la trouve discutée dans le *Diable boiteux* de Lesage (dans l'édition de 1707, p. 231 à 244, puis avec des arguments nouveaux dans celle de 1726, p. 91 à 109, t. 2) ; dans le *Pour et Contre* de Prévost (1734, t. 2, p. 148) ; dans divers libelles et brochures tels que ceux de l'abbé Bordelon, etc. Mais ces auteurs n'envisagent pas la question dans le même esprit que Dufresny.

2. *Mercure* de septembre 1711, IIe partie, p. 69.

3. *Amusements*, 2e éd., p. 12.

4. *Mercure* de septembre 1711, p. 65.

5. Ceci ressort de ce qui est dit dans le *Mercure* d'avril 1713, p. 47-48.

thétique : « les derniers *Mercures* feraient tort à votre réputation, si l'on n'était bien convaincu de votre paresse ». En conséquence il annonce que « cédant le détail et les soins du *Mercure* à un homme tout appliqué à cet ouvrage, il ne se réserve que la peine d'écrire quelques morceaux détachés, soit en vers, soit en prose, soit dissertations, soit transitions, soit historiettes ». On trouve en effet dans les livraisons suivantes quelques transitions malicieuses et quelques « aventures » agréables, mais au début de 1714, le périodique retombe dans sa médiocrité de jadis, et au mois de mai, les initiales de M. du F*** disparaissent de la page du titre[1].

II

Si toute l'œuvre de Dufresny journaliste n'a pas échappé au sort commun de ses pareilles, qui est l'oubli, Dufresny a exercé par son théâtre une influence directe, non plus, il est vrai, dans un sens théorique et général, mais par l'ingéniosité de ses inventions. Nous voudrions prouver que Beaumarchais lui doit beaucoup, que ce grand maître en intrigue théâtrale imite les intrigues de notre « inventeur », et que ce révolutionnaire lui emprunte même — malgré l'insouciance du premier en fait de politique — un certain nombre de « hardiesses ». Mais où n'a-t-on pas trouvé de « sources de Beaumarchais? » Il nous faut donc aller avec prudence, chercher des preuves nombreuses et solides.

*
* *

Il sera bon d'établir d'abord que dans tout le cours du XVIIIe siècle, après la mort de Dufresny, son théâtre fut exploité par les imitateurs : ainsi les

1. Au commencement de la livraison suivante (juin), se trouve une préface où Lefèvre, le nouveau rédacteur, se montre sévère lui aussi pour la « paresse » de son prédécesseur. — Au *Parallèle burlesque* peuvent se rattacher deux dissertations parues aussi dans le *Mercure* : le *Parallèle du bouclier d'Achille dans l'Iliade d'Homère et dans l'Iliade de M. de la Motte*, très bref, favorable à La Motte, et une *Idée de l'imitation et style rabelaisien : l'Équilibre* (mars 1712), pastiche très réussi, dirigé contre les personnes trop pondérées. Nous devons reparler des *Nouvelles*, peut-être aussi des *Chansons*. Quant aux morceaux de circonstance, prologues, transitions, avertissements, ils n'ont pas perdu tout intérêt, grâce au style et à quelques pensées originales. Plusieurs poésies et d'agréables morceaux de prose ne seraient pas déplacés dans une anthologie.

En 1721, le privilège du *Mercure* est donné à Dufresny, Laroque et Fuzelier. Dufresny avait laissé un bon souvenir, et son nom faisait bon effet sur le privilège, — qui valait au privilégié d'appréciables revenus. Mais l'auteur était alors âgé de soixante-treize ans, et il ne semble pas que sa collaboration ait été effective : on ne reconnait nulle part son style (nous avons consulté toutes les livraisons parues de 1721 à 1724). S'il s'occupa du périodique, ce ne put être que d'une façon toute générale et irrégulière. Dans la notice nécrologique que le *Mercure* lui consacre en octobre 1724, il n'est point parlé de lui comme d'un collaborateur. L'Avertissement aux *Œuvres* observe un pareil silence. En outre, voir le *Dictionnaire* de Moreri, édition de 1759, article Fresny (du), et Titon du Tillet, *Parnasse françois*, Supplément, p. 22, article « Antoine de la Roque ».

imitations de Beaumarchais n'auront plus rien qui doive surprendre. Divers critiques ont signalé déjà deux ou trois de ces emprunts ; — et les emprunteurs portent de grands noms !

Voltaire, affirme un Allemand[1], imite l'*Esprit de contradiction* dans le début de *Nanine* (1749). Il y a en effet plus d'un rapport entre le caractère de Mme Oronte, et celui de la Baronne de l'Orme, « femme impétueuse, aigre, difficile à vivre ». Celle-ci est tout aussi obstinée que sa devancière à découvrir des contradictions et des injures dans le silence le plus respectueux ou les paroles les plus posées[2], tout aussi empressée à favoriser un mariage dans l'unique but de contrecarrer celui à qui elle en veut[3]. Les réminiscences sont évidentes bien qu'elles n'apparaissent que dans les trois ou quatre premières scènes : le reste est tout consacré au « larmoiement » et à la philosophie.

Goldoni à son tour choisit, neuf ans plus tard, en 1758, « lo Spirito di contradizione » pour sujet d'une comédie[4]. Le rusé personnage s'est vivement défendu, dans ses *Mémoires*, d'avoir eu à cette époque connaissance de la pièce de Dufresny. Pourtant les deux intrigues ne sont pas sans rapport : il s'agit dans l'une comme dans l'autre d'une femme contredisante qui s'oppose à un mariage, et qui, jouée par plus habile qu'elle, finit par favoriser l'union qu'elle contrariait tout d'abord. Qu'il y ait ou non larcin, les cinq actes en vers de Goldoni, terminés, comme cela se doit chez un auteur « moral », par la guérison soudaine de l'héroïne, semblent d'un bien languissant ennui auprès de la petite pièce française, pleine d'entrain et de gaîté.

L'année suivante, une comédie moins connue de Dufresny fournit encore, d'après la *Biographie Michaud*[5], une inspiration à Voltaire : dans l'*Écossaise*, le caractère de Freeport, de l'homme de cœur à la bonté bourrue et à la rude franchise, est le même que celui du Capitaine dans le *Faux honnête homme* ; et Freeport s'oppose au fourbe et plat Frêlon, de même que le Capitaine à l'hypocrite Ariste.

Il est d'autres emprunts encore, qui n'ont pas été signalés : par exemple il est certain que Piron, dans une des scènes les plus admirées de sa *Métro-*

1. Merz, dans un passage très bref d'une dissertation sur *Goldoni in seiner Stellung zum französischen Lustspiel*, 1903, p. 31. La référence est donnée dans la médiocre dissertation d'un certain Domann : *Dufresny's Lustspiele*, 1904.

2. *L'Esp. de c.*, sc. x. Mme Oronte (à son mari qui n'est même pas présent) : Oh ! c'en est trop, mon mari : vous me contrecarrez, vous m'insultez, vous m'outragez. *Nanine*, a. I, sc. 1. La Baronne (au comte qui lui parle avec douceur) :

> C'est fort bien dit, traitre, vous prétendez
> Quand vous m'outrez, m'insultez, m'excédez, etc.

3. Comparer la scène III de l'acte Ier de *Nanine* et la scène XXI de l'*Esprit de contradiction*.

4. Voir l'ouvrage cité de Merz, p. 31.

5. Article *Dufresny* : « A la pièce du *Faux honnête homme*, Voltaire a pris son rôle de Freeport. »

manie (1738), puise à un prologue de Dufresny, celui des *Chinois* (comédie jouée sur le Théâtre italien le 13 décembre 1692). La pièce fut composée en collaboration avec Regnard : mais les prologues plaisaient trop peu à Regnard et trop à Dufresny[1] pour que ce dernier n'ait pas la plus grande part dans celui qui nous occupe. On y voit un « Auteur » supplier Apollon pour qu'il arrête les comédiens prêts à jouer sa pièce; il redoute l'insuccès : « Hélas ! j'ai toujours cru jusqu'à présent que *c'était la meilleure comédie du monde* ; mais depuis que les chandelles sont allumées, *j'y vois mille défauts que je n'y avais pas remarqués.* Ah, ah ! je n'en puis plus, le cœur me manque. » Et « il s'évanouit dans les bras de Thalie » en s'écriant : « Ah ! maudite comédie, tu seras cause de ma mort. » On a reconnu une première esquisse du monologue célèbre de Damis :

> ... Je ne suis plus le même enfin depuis deux heures.
> *Ma pièce auparavant me semblait des meilleures :*
> *Maintenant je n'y vois que d'horribles défauts,*
> Du faible, du clinquant, de l'obscur et du faux;
> De là plus d'une image annonçant l'infamie.
> ... Je sèche; je me meurs !... Quel métier !... J'y renonce.
> ... Car, enfin, c'en est fait... je péris si je tombe[2].

Ceci est une preuve entre mille de la connaissance parfaite que les auteurs dramatiques du XVIIIe siècle avaient des œuvres de leurs devanciers : théâtres français ou italien, théâtre de la Foire, ils avaient tout vu et tout lu, ils s'étaient tout assimilé, — se gardant surtout de négliger les comédies de Dufresny. Elles formaient précisément une excellente mine, où les idées heureuses sont ébauchées seulement, et restent susceptibles d'une nouvelle mise en œuvre.

C'est ainsi encore que pour le plaisir du duc d'Orléans, Charles Collé remet à la scène vers 1760 une des pièces les plus originales de notre auteur, *le Jaloux honteux de l'être.* Il se borne à la réduire de cinq actes à trois, sans rien y mettre du sien. C'était le destin de Dufresny d'être toujours « abrégé » : de son vivant même, les comédiens ne trouvaient jamais ses pièces assez courtes : et ce même *Jaloux* fut en 1813 réduit enfin à un acte dans une adaptation de Jean-Baptiste-Charles Vial, « *Les Deux jaloux*, comédie en prose mêlée d'ariettes et imitée de Dufresny ». La préface que Collé joignit à son « arrangement » dans l'édition du *Théâtre de Société* (1769) fait un vif éloge du « charmant comique » : « Sa pièce, nous apprend-elle, a beaucoup plus réussi que la plupart des bagatelles de cette joyeuse collection, et avec raison. » Collé tenait le *Jaloux honteux* en telle estime qu'il

1. On n'en trouve pas dans les comédies écrites par le seul Regnard. On en trouve plusieurs dans le théâtre de Dufresny, principalement pour les premières pièces — italiennes ou françaises — contemporaines des *Chinois*.
2. *La Métromanie*, acte V, sc. 1.

avait tiré, en 1753, du dernier acte de cette pièce, un court opéra-bouffon, le *Jaloux corrigé*, qui fut bien accueilli du public[1]. Enfin l'arrangement en trois actes fut repris le 11 juin 1772 par les comédiens français, et il obtint du succès, sinon à la première représentation, du moins à la seconde[2].

On voit combien la comédie de Dufresny, injustement tombée dans sa nouveauté, était populaire soixante ans plus tard : il est donc tout naturel que Beaumarchais ait mis le *Jaloux honteux* fortement à contribution pour son *Mariage de Figaro*.

***

Premier emprunt : il prend au *Jaloux honteux* le personnage de Fanchette. Sans doute l'« ingénue » était dans l'ancien théâtre un rôle bien vieilli et bien usé : mais Fanchette sait être ingénue à sa façon. Elle est jolie, ce qui est ordinaire, mais elle a la gentillesse piquante d'une petite paysanne au langage fruste. Elle est naïve et ignorante, mais elle s'entend très bien, à l'occasion, à échanger un baiser contre une orange, — ou contre le pardon de son ami Chérubin. Le rôle qu'elle joue est lui aussi tout particulier : on l'aime, on se jalouse pour elle, — et on exploite son innocence en la chargeant de commissions équivoques. Or, tous ces traits, nous les retrouvons dans le personnage d'Hortence, la petite jardinière du *Jaloux honteux*[3]. Dufresny lui fait parler fort agréablement le langage des Charlotte et des Lucas ; il lui donne, pour le joli et galant Frontin, aux dépens du jaloux Thibaut, l'amour naïf que Fanchette ressentira pour Chérubin. Pas plus que Fanchette, Hortence ne comprend bien ce qui se passe en elle-même, et Frontin s'amuse de cette inexpérience. D'autre part, ainsi que le Comte profite, pour ses amours secrets, de l'ignorance et de la ruse de Fanchette, le Président exploite la malignité d'Hortence au profit de sa jalousie : il lui fait jouer le rôle « d'une petite espionne qui lui rapporte mot pour mot » tout ce que fait sa femme. « Je me fourre partout », dit Hortence, et c'est un des agréments de la pièce que de retrouver dans tous les coins la petite friponne. Enfin, de même que Fanchette détermine le dénoûment de *la Folle journée* par le message dont elle est chargée, de même Hortence détermine l'issue du *Jaloux honteux* par le billet que lui confie Frontin, de façon presque identique[4].

1. *Le Jaloux corrigé*, opéra-bouffon en un acte, représenté pour la première fois par l'Académie royale de Musique, le 1er mars 1753. In-4. Voir aussi l'*Almanach des Spectacles* pour l'année 1754.

2. Voir le *Journal* de Collé, tome III, p. 385, édition de 1805.

3. A la reprise de 1772, Mlle Deligny eut dans le « rôle innocent » de « cette petite niaise », comme dit Collé, un grand succès personnel. « On me l'écrit de tous côtés », note l'adaptateur dans son *Journal* (*loc. l.*).

4. *Le Jaloux honteux*, a. II, sc. VIII. « Tenez, Hortence, allez sans faire semblant de rien, porter ce

Veut-on d'autres preuves encore? En voici une assez curieuse. Dans *les Deux Jaloux*, Vial n'a eu garde de supprimer le personnage d'Hortence, mais ne pouvant en conserver le nom, devenu nom royal, il n'a trouvé rien de mieux que de le remplacer par celui de Fanchette. Les ressemblances entre les deux rôles avaient donc frappé, voici déjà plus de cent ans, un auteur dramatique dont ce n'était pourtant pas le métier de découvrir des « sources ».

« Bellecour, dit Collé dans son *Journal*, Bellecour fait le rôle du Jaloux : j'eusse mieux aimé Molé. » Le vœu se trouva presque réalisé : Molé, douze ans plus tard, jouait le rôle du Jaloux, mais ce n'était plus sous le nom du Président, c'était sous celui du comte Almaviva.

Toute la pièce de Dufresny est faite, comme l'indique le titre, pour montrer la jalousie en lutte, chez un homme du monde, avec les convenances, avec la noblesse naturelle de la conduite, avec la terreur du ridicule. Or n'est-ce pas les mêmes conflits de sentiments auxquels nous fait assister, chez le Comte, le *Mariage de Figaro*[1] ? Même violence jalouse cachée sous une même politesse de manières, envers une épouse pareillement aimante et vertueuse. La seule différence est que le Président est un mari fidèle. Il est vrai qu'on ne peut citer ici encore aucune concordance littérale : mais c'est que précisément l'expression est la partie faible dans le théâtre de Dufresny ; il ne sait pas mettre en valeur par l'éclat et la « truculence » du dialogue ce que ses conceptions ont de vraiment comique. Il est donc tout naturel que l'expression soit en général ce qu'on se garde d'imiter chez lui.

En fait de concordance plus précise, il ne serait pas malaisé de découvrir dans le *Jaloux corrigé* — plus haut mentionné — de l'imitateur Collé, un équivalent, sous une forme plus bouffonne, de la fameuse « scène du cabinet ». Pour nous en tenir à notre auteur, les déguisements et les mutuelles méprises, qui semblent si divertissants « sous les grands marronniers », les éclats « dramatiques » de la colère du Comte et sa finale confusion, cet imbroglio si habilement combiné par Beaumarchais appartient presque en entier, dans ses éléments, à Dufresny. Et il lui appartient si bien qu'il a traité ce sujet non seulement dans son *Jaloux*, mais à deux reprises encore, dans son théâtre ou ses nouvelles. Comme il fait pour la plupart des idées

billet à Monsieur le Président, et dites que vous l'avez trouvé à terre... » *Le Mariage de Figaro*, a. IV, sc. XIV. « Tiens, petite Fanchette, rends cette épingle à ta belle cousine, et dis-lui seulement que c'est le cachet des grands marronniers. Prends garde que personne ne te voie. » Comparer encore : le *Jaloux*, a. I, sc. VI, a. II, sc. IV et le *Mariage*, a. IV, sc. XIV, etc... Pour ce qui est du personnage de Chérubin, contre-partie de celui de Fanchette, on pourrait en voir un modèle, non plus chez Dufresny, mais dans le bel ingénu De Neuilli (*les Contemporaines*, par Restif de la Bretonne, t. XXI-XXII, p. 422 et suiv. *La petite laitière*). « Ah ! s'écrie-t-il, le joli être qu'une fille ! le joli mot ! une fille... » Toutefois la date (1782) est un peu tardive.

1. Principalement dans les deux premiers actes.

par lui créées, il a perfectionné cette conception — qu'il ne tenait de personne — dans plusieurs œuvres successives; et il se trouve qu'à chaque reprise, l'intrigue se rapproche un peu plus de la forme définitive qu'elle prendra chez Beaumarchais.

On la voit apparaître pour la première fois dans le *Double Veuvage* qui date de 1702. Il s'agit d'un mari qui hait sa femme, et qui aime Thérèse, nièce de sa femme; il s'agit en même temps d'une femme qui hait son mari, et qui aime Dorante, neveu de son mari : il va sans dire que Thérèse aime Dorante, et que cet amour est partagé. On s'est avisé de faire croire chacun des deux époux à un veuvage subit ; et chacun profite de ce malheur pour ses amours cachés. On a de plus ménagé une rencontre entre les deux prétendus veufs dans une salle obscure. Là, le mari, « l'Intendant », prend sa femme pour Thérèse, à qui il a donné rendez-vous dans le même lieu; l'Intendante de son côté prend au premier abord son mari pour Dorante. Voulant éprouver celui-ci, elle imite la voix et les manières de Thérèse: d'où situation semblable à celle du Comte et de la Comtesse sous les marronniers. « Mais, dit le Comte, prenant la main de sa femme, mais quelle peau fine et douce, et qu'il s'en faut que la Comtesse ait la main aussi belle. » « Hon, disait l'Intendant, hon, que cette main-là est bien meilleure à baiser que celle de ma femme! la sienne était rude, celle-ci est douce. »[1]

Mais bientôt le maître d'hôtel « accourt avec une bougie », — de même que dans le *Mariage* la noce avec des flambeaux, — et la reconnaissance qui s'ensuit met fin au piquant tête-à-tête. La ressemblance est dès maintenant très nette, et comme le *Double Veuvage* est l'ouvrage de Dufresny le plus généralement lu, elle a déjà été signalée : c'est M. Lintilhac qui a fait la découverte[2], mais il ne la signale que dans une note rapide, pour s'étendre longuement sur des sources plus contestables.

La méprise de l'Intendant diffère en un point de celle du Comte: elle est toute fortuite. Ce n'est plus un simple hasard qui provoque pareille méprise, dans la comédie et dans la nouvelle où Dufresny reprend son idée en la remaniant.

Dans le *Jaloux*, Lucie, dupe d'une méprise, soupçonne son amant Damis de courtiser la Présidente, dont elle est la nièce et l'amie. D'accord avec celle-ci, vêtue d'un costume semblable et déguisant sa voix, elle se présente à Damis qui, trompé par l'apparence, se montre très froid. Puis sans quitter son déguisement elle se fait reconnaître, et Damis se montre très ardent. Au moment où le jeune homme baise la main de sa maîtresse, apparaît le jaloux Président: et nous avons la scène même où le Comte surprend Figaro baisant

1. *Le Mariage de Figaro*, a. V, sc. VII; *le Double Veuvage*, a. II, sc. XIX.
2. Dans son livre sur *Beaumarchais et ses œuvres*..., p. 261, n. 2.

au front la prétendue Comtesse. « Perfide, suborneur, infâme, criait l'un, il faut s'égorger... » « Massacre, mort, enfer, profère l'autre. Vengeance!... scélérat!... » Puis, même coup de théâtre : l'épouse innocente se montre, et même stupéfaction chez le mari jaloux.

Passons maintenant à l'*Aventure du bal* dont Dufresny donne le récit dans le *Mercure* de janvier 1712, sans omettre de la déclarer authentique. Un Cavalier veut pour de bonnes raisons convaincre une Dame de l'infidélité de son mari. Il intercepte un billet adressé au mari, et le fait porter chez la dame par un laquais, aussi habile à « faire le niais » que Fanchette est réellement naïve. Le résultat est le même. La dame apprend par le billet le moment et l'endroit du rendez-vous, qui doit avoir lieu au cours d'un bal masqué; elle apprend aussi le déguisement que portera sa rivale. Elle revêt un déguisement semblable, se rend au bal, et cherche à attirer dans une salle écartée, pour l'y confondre, son mari qui lui-même a choisi un costume d'Arménien. L'Arménien la suit en effet, et il se passerait sans doute ce qui se passe entre le Comte et sa femme, — si Dufresny, entraîné par son ingéniosité, n'avait donné à son Cavalier amoureux l'idée de revêtir lui-même le costume du mari... N'empêche que la similitude des situations, et surtout des motifs, est frappante pour toute la première partie de la nouvelle. On pourrait soutenir que dans son exemplaire des *Œuvres* de Dufresny, Beaumarchais a lu l'*Aventure* comme il a lu le *Jaloux*, et qu'il a tenu à réunir dans son intrigue les deux scènes parallèles, pour obtenir une opposition ingénieuse, fût-ce au prix de quelques invraisemblances[2].

Quoi qu'il en soit, il reste certain que Dufresny est l'inventeur de ces deux situations, et que de l'imbroglio nocturne du *Mariage*, il a conçu l'idée première. Qu'après Dufresny on retrouve les mêmes quiproquos chez Collé, chez Vadé, chez d'autres encore, peu importe : avant Dufresny, on ne les trouvait pas : il a le mérite d'être le premier.

***

Les emprunts de Beaumarchais n'ont porté jusqu'ici que sur des éléments romanesques : une ingénue, un jaloux, des rendez-vous galants. Mais il y a plus : Beaumarchais s'inspire de son devancier en traçant le caractère de son héros et de son porte-parole, de Figaro lui-même.

C'est en Gusmand, au nom espagnol, maître d'hôtel de la Comtesse dans le *Double Veuvage*, que nous trouverons une première esquisse du barbier musicien.

1. *Le Jaloux honteux*, a. V, sc. IX : *le Mariage de Figaro*, a. V, sc. IX et suiv.

2. M. Jules Lemaître signale avec esprit ces invraisemblances, dans ses *Impressions de théâtre*, t. 3, p. 141.

Comme Figaro, Gusmand est de condition incertaine, et il prend avec ses maîtres de singulières libertés, à tel point que les *Dictionnaires* ou *Histoires* des théâtres se demandent à qui au juste on a affaire en lui[1]. Comme Figaro, il est fort habile à nouer une intrigue, et, fier de son talent, il le met à l'épreuve par goût, pour se donner un plaisir, même s'il « n'en doit tirer aucune utilité[2] ». Comme Figaro, il est gai par philosophie et moqueur par principe : « Moi, dit-il, j'ai toujours le courage de me réjouir » ; et ailleurs, il donne à l'Intendant ce conseil : « Allez rire avec la comtesse du tour qu'elle vous a joué, et plaisantez-en à la barbe des gens, de peur qu'ils n'en rient à la vôtre[3]. » Comme Figaro, il est musicien : il chante et il compose d'un bout à l'autre de la comédie. Mieux encore, rappelons-nous l'entrée chantante de Figaro au début du *Barbier de Séville* ; quels éloges n'a-t-on pas faits de cette scène ! Comme elle exprime bien le caractère du personnage et sa constante gaîté ! Comme elle annonce ce qui va suivre[4] ! Eh bien ! cette entrée fameuse est, à peu de chose près, l'entrée de Gusmand, à l'acte Ier du *Double Veuvage*. Comme la scène semble avoir passé inaperçue, nous la citons dans son entier.

(Acte I, scène VIII. La Comtesse, la Suivante, Gusmand.) *Gusmand, composant et ne voyant pas la Comtesse, entre en marchant en mesure et la bat avec ses mains.*

La, la, la, la ; cela ne vaut rien, morbleu ! Ne trouverai-je point quelque idée toute neuve... (*Lentement* :) La, la, la, la... non, ce début-là est dans Lulli... La, la, la, la, la, la. Lulli encore..... La, la, la, la... encore Lulli : quoi ! Lulli partout, de quelque côté que je me tourne.... Je suis bien malheureux de n'être venu qu'après lui ; car parce que j'ai dans la tête tout ce qu'il a fait de beau, on dit que je le pille... La, la, la, la, la. Fort bien cela. La, la, la, la, la, la. Admirable. La, la, la. Merveilleux. (*Il chante ces derniers mots.*) Et le second dessus. La, la, et la basse... ton, ton... quelle fécondité ! (*L'octave du haut en bas très vite.*) La, la, la, la, la, la, la, la, quel reflux de génie ! (*L'octave de bas en haut.*) La, la, la, la, la, la, la, la. (*Sur le même ton.*) Les notes me gagnent, notons vite. (*Il tire les lignes et ne dit plus rien, mais note sur son genou, un genou en terre ; il jette les yeux du côté de la Comtesse, et, l'apercevant, met son chapeau par terre, et continue toujours. Il chante.*) Pardon, madame, pardon... hon, hon, hon. (*Il note toujours.*) Je crains de perdre une idée. Hon, hon, hon... dont vous serez enchantée. Hon, hon, hon... Je note le dernier ton. (*Il se relève et salue la Comtesse.*) C'est un duo pour un air de veuvage que vous m'avez commandé...

Qu'a donc fait Beaumarchais ? Il s'est contenté de remplacer par une chanson une mélodie sans paroles. L'idée est bien la même ; les jeux de scène sont identiques, et n'ont pas eu besoin d'être précisés : « *Il met un genou à terre, il écrit en chantant... Il aperçoit le comte. Il se relève*[5]. » Et ici encore.

1. Voir notamment les frères Parfaict, t. XIV, p. 254.
2. A. II, sc. V et VI, sc. XVI.
3. A. II, sc. XVII, a. III, sc. II.
4. Cette scène est citée comme caractéristique dans l'ouvrage, ci-dessus mentionné, de M. Funck-Brentano, *Figaro et ses devanciers*, p. 308.
5. *Le Barbier de Séville*, a. I, sc. II.

l'idée de la scène est une création de Dufresny : on la voit apparaître timidement dans le premier acte de *Pasquin et Marforio* (1697); on la voit reprise plus tard dans la première scène de la *Joueuse* (1709). Pareillement, ce personnage qui « a toujours le courage de se réjouir », on le retrouve dans le *Faux honnête homme*, dans la *Réconciliation normande*, ailleurs encore[1], peint par l'auteur avec une complaisance toujours nouvelle. Car ce personnage, c'est Dufresny lui-même, — Dufresny habile musicien, écrivain frondeur, comédien sifflé, réduit aux expédients pour vivre, et toujours gai, toujours railleur : première ébauche de Beaumarchais comme Gusmand est un premier crayon de Figaro.

***

Nous aurons l'air de soutenir une gageure en allant plus loin, et en affirmant que Beaumarchais doit à Dufresny le sujet même, jugé si « hardi », du *Mariage de Figaro*. En fait de hardiesses, on en a bien signalé une ou deux dans le théâtre du sieur Rivière : « Gusmand, dit M. Toldo, fait les éloges de la dissimulation « qui maintient parmi les hommes la société civile et matrimoniale », comme don Bazile devait les faire de la calomnie[2] » ; — et il est à remarquer que Bazile était primitivement nommé Guzman. Frosine, ajoute-t-il, (la complice de Gusmand) a sur les grands seigneurs des sentences piquantes : « Un grand seigneur qui prie un bourgeois de lui faire une grâce, c'est comme un sergent qui prie de payer une lettre de change. » L'éloge de la haine dans la *Réconciliation Normande* est, on l'a dit également, un morceau de bravoure, semblable lui aussi à celui de don Bazile. Mais cela n'est que peu de chose. Au contraire, dans la *Noce interrompue*, qui date de 1699, en plein siècle de Louis XIV, on trouve la donnée scabreuse et subversive de *la Folle journée*.

Un comte, despotique et « dévergondé » amoureux de Nanette, la « fillole » de sa femme, veut la marier à un paysan, Lucas, pour « faire de l'un son fermier et de l'autre sa concierge ». Lucas, méfiant, refuse ; le comte « est le maître », et passerait outre, s'il ne trouvait un villageois plus accommodant et plus sot, à qui il cède la jeune fille. Ce villageois n'est autre que le noble Dorante, amant de Nanette, déguisé par amour, et qui, une fois le contrat signé, se rit de la fureur du comte.

L'idée de cette intrigue, on la voit comme les précédentes naître dans des ouvrages antérieurs de Dufresny : dans la seconde partie de l'*Union des deux Opéras* (un acte donné au Théâtre italien le 16 août 1692), Jupiter vient

1. Rôles du Capitaine, du Chevalier : voir aussi le rôle du Négligent, celui de M. Orgon dans la *Joueuse*, etc.
2. P. Toldo, *Figaro et ses origines*, Milan, 1893, p. 288-289.

troubler une noce de village par une trop grande bienveillance pour la mariée, mais l'arrivée de Junon fait échouer ses projets. Une remarque du marié explique l'allégorie : « ... Quand les dieux *et les grands seigneurs* visitent un bourgeois, gare la bourgeoise (sc. IV). » L'idée est reprise dans une scène assez courte des *Mal-Assortis*, comédie jouée sur le Théâtre italien en 1693 (acte II, scène III). Cette idée enfin, on en pourrait retrouver l'origine — origine bien singulière et inattendue — dans l'histoire même de Dufresny. Lorsque l'auteur en a fait une pièce entière, il n'en a pas tiré tout le parti qu'il aurait pu : la nouvelle comédie n'a qu'un acte, elle est assez mal construite et donne, elle encore, l'impression d'une « ébauche ». Mais si la *Noce interrompue* n'est pas le *Mariage de Figaro*, il est incontestable qu'elle en est un premier modèle. En dehors de la similitude frappante des sujets — qui tous deux touchent au tragique sous une forme badine, application possible des théories de Dufresny, — il y a plus d'une correspondance de détail.

De même que Bartholo soupçonne le Comte « d'avoir rendu nécessaire » l'union qu'il propose, de même le laquais Adrien soupçonne son maître d'être en matière de noces « un fin calculateur » : « quelques jours plus tôt ou plus tard décident quelquefois de la réputation d'une nouvelle mariée[1]. » Ce même Adrien, qui a son franc parler avec ses maîtres, ouvre les yeux de la Comtesse sur la conduite de son mari : « il a trop bon goût, lui explique-t-il, pour la préférer à vous ; mais il y a longtemps que vous êtes belle, et il n'y a guère que Nanette est jolie. » C'est le raisonnement même d'Almaviva : « Je l'aime beaucoup, mais trois ans d'union rendent l'hymen si respectable[2] ! » La Comtesse enfin agit comme agira Rosine : elle favorise le stratagème des deux amants pour ramener à elle un inconstant.

Voici maintenant des « hardiesses ». Le paysan Lucas a de rudes réponses pour son seigneur et son « tyran » : « Je vous ai dit mon mot, lui dit le Comte ; cela suffit. — *Lucas.* Ç'a suffit, ç'a suffit, parce que je ne suis pas daigne de vous contredire. Tout mon vaillant est dans votre départenance, vous pouvez me ruiner...[3] » Le Comte lui-même met une singulière insistance à affirmer : « Je suis le maître », « Je vous commande », « Je peux vous ruiner par ma puissance[4] ». Il est vrai que ce Comte est un « seigneur de village », déjà vieux, d'une indigence sordide, d'une lésinerie mesquine ; et contre de tels hobereaux, les railleries étaient permises, elles étaient même bien vues des courtisans. Mais ces railleries vont loin : on peut soutenir qu'elles ont une portée plus générale, et prennent la défense du « peuple » contre la noblesse qui l'exploite. Il y aurait par exemple peu de mots à

1. *La Noce interrompue*, sc XIII. *Le Mariage de Figaro*, a. I, sc. IV.
2. *La N. int.*, sc. VI. *Le Mar. de Fig.*, a. V, sc. VII.
3. *La N. int.*, sc. XI ; voir aussi la sc. XII.
4. *La N. int.*, sc. VI, sc. XI, sc. XIX.

changer pour pouvoir transporter dans *la Folle journée* les couplets qui terminent *la Noce interrompue* :

> Compère Gervais,
> Ne reçois jamais
> D'un seigneur de village
> Ni femme ni ferme ni prêts;
> Il s'empare de ton ménage,
> Ravage,
> Fait rage,
> Et prend à tes frais
> Sur la femme et sur l'héritage
> De gros intérêts[1].

Il n'est pas jusqu'au fameux « droit du seigneur » qui ne soit effleuré par une allusion :

> L'honneur et le premier hommage
> Sont dûs par l'habitant au seigneur du village :
> Mais par malheur il exige souvent
> De l'habitante la plus sage
> L'honneur et le premier hommage[2].

Nous avons comme de juste gardé pour la fin l'emprunt le plus remarquable. Lorsque « le Comte » de Dufresny s'aperçoit qu'il a été dupé, il a un cri profondément comique : « Je suis trompé! A moi, mes gens, *mes vassaux !* » Et comme personne ne bouge, Adrien — valet à gages — répond d'un air goguenard : « Vous n'avez point d'autre vassal que moi, je suis à présent vassal de Monsieur. » Le comte Almaviva aura le même cri : « Et vous, *tous mes vassaux*, entourez-moi cet homme et m'en répondez sur la vie[3]. » Chez le hobereau qui singeait les guerriers des temps héroïques, le cri était surtout bouffon. Cent ans plus tard, les mêmes mots sont presque tragiques, dans la bouche d'un grand seigneur ; ils sont devenus un vain appel à des sentiments éteints d'honneur et de religion ; et l'on proteste « par un murmure général[4] », avant de répondre par la violence déchaînée.

*
* *

Que conclure de tout ceci? En guise de conclusion, nous ferons un dernier parallèle. Un auteur, qui est aussi un homme d'affaires, choisit son temps, choisit son auditoire; il annonce ses œuvres quatre ans à l'avance: il pro-

1. *La N. int.*, sc. XXII.
2. *La N. int.*, sc. XXIII.
3. *La N. int.*, sc. XXII; *le Mar. de Fig.*, a. V, sc. XII.
4. Voir la première version du *Mariage de Figaro*, citée par M. Lintilhac, *op. l.*, p. 270.

clame d'une voix éclatante : « Je vais vous divertir « follement » : je vais être extrêmement hardi et infiniment spirituel. » On s'amuse, on se scandalise, on lui trouve de l'esprit : il a la gloire. Un poète qui n'entend rien à la réclame prodigue les idées et les hardiesses, mais il les exprime tout uniment et tout naturellement ; il ne cherche pas à influencer le public et il attend, docile, son jugement spontané. On le dédaigne, on le siffle, et on fait profession de l'oublier ; — mais on l'exploite sans en rien dire.

Le 3 avril 1916.

Jean VIC.

CHARTRES. — IMPRIMERIE DURAND, RUE FULBERT.

www.ingramcontent.com/pod-product-compliance
Lightning Source LLC
LaVergne TN
LVHW050509160826
845677LV00003B/1033

* 9 7 8 2 3 2 9 6 4 4 9 9 8 *